VELLÉDA

OPÉRA EN QUATRE ACTES

PAROLES DE

A. CHALLAMEL ET J. CHANTEPIE

MUSIQUE DE

CH. LENEPVEU

CHEZ LEMOINE ET FILS, ÉDITEURS

PARIS, BRUXELLES

1888

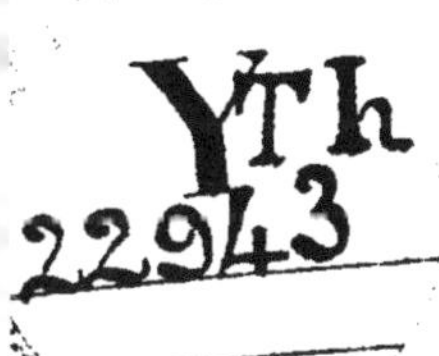

VELLÉDA

OPÉRA

Représenté pour la première fois à Londres, au théâtre de
Covent-Garden, le 4 juillet 1882.

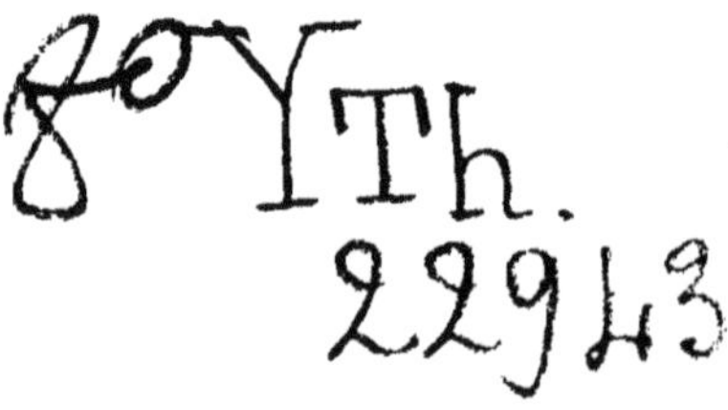

VELLÉDA

OPÉRA EN QUATRE ACTES

PAROLES DE

A. CHALLAMEL ET J. CHANTEPIE

MUSIQUE DE

CH. LENEPVEU

PERSONNAGES

VELLÉDA, Druidesse. 1re chanteuse. . . . . . Soprano.

EVEN, jeune Gauloise. Travesti. . . . . Mezzo soprano.

INA, Druidesse. 2e chanteuse . . . . Soprano.

CŒLIUS, Proconsul romain dans les Gaules . Ténor.

TEUTER, Chef des guerriers gaulois. . . . . Baryton.

SÉNON, Chef des Druides. . . . . Basse chantante.

UN TRIBUN DES SOLDATS . . . . Basse chantante.

Chœur de Druidesses, Femmes gauloises, Courtisanes romaines.

Chœur de Druides, de Soldats gaulois.

Chœur de Soldats romains.

———

La scène se passe en Gaule, au IIIe siècle.

———

VELLÉDA

ACTE PREMIER

Une grève. Au loin, l'île de Sein. Aux diveis plans, à droite et à gauche, des landes arides. Au lever du rideau, les Gaulois et les Gauloises sont échelonnés depuis le devant jusqu'au fond de la scène.

SCÈNE PREMIÈRE

LES CHŒURS, TEUTER, au fond du théâtre.

INTRODUCTION — CHŒUR

Les Gaulois gémissent sur les malheurs de leur patrie, sur le sort de leurs armes et sur les rigueurs de la domination étrangère.

LAMENTATION

CHŒUR GÉNÉRAL.

Hélas ! à quoi sert le courage ?...
A quoi sert la valeur ?...
D'un affreux esclavage,
Nous subissons l'horreur !

JEUNES GAULOIS.

Destin cruel, tu trahis l'espérance
Que nous avions en ton secours !

FEMMES GAULOISES.

Nous implorons de nos Dieux l'assistance,
Mais à nos vœux ils restent sourds !...

JEUNES FILLES, fiancées.

Loin de nous, les guerriers dignes de nos amours
Maudissent, dans les fers, le sort des armes...

JEUNES GENS, fiancés.

Celles dont la tendresse embellissait nos jours
Répandent, loin de nous, de vaines larmes.

CHŒUR GÉNÉRAL.

Les cieux sont désertés !
Les jours sont sans clartés !
Hélas ! à quoi sert le courage ?...
A quoi sert la valeur ?...
Tout espoir est mirage,
Hélas ! pour nous tout est douleur !

TEUTER, descendant en scène.

Que l'espoir du salut dans nos âmes pénètre !
Oublions tous les maux pleurés !
Bientôt Velléda va paraître,
Et l'auguste prêtresse, aux accents inspirés,
Annoncera les jours si longtemps espérés
Où notre Gaule doit renaître !...

CHŒUR

LES FEMMES.

Rendra-t-elle à nos vœux ceux qu'a pris le trépas ?
Nos fils et nos époux tombés dans les combats !

Rendra-t-elle à nos vœux ceux qu'a pris le trépas ?
Nos frères, nos amis tombés dans les combats !

REPRISE

Hélas ! il n'est plus de courage !
   Il n'est plus d'avenir,
   A quoi bon tant souffrir !
Hélas ! tout espoir est mirage !...

TEUTER.

AIR

Enfants ! ne pleurons plus nos morts
Et que les vivants rajeunissent ;
Que les courages soient plus forts
Et que les âmes refleurissent !

Le grand chêne de la forêt
Regrettait sa beauté puissante ;
La glèbe froide du guéret
Sommeillait triste et languissante.

Soudain le soleil s'est levé !...
Avril joyeux est arrivé ;
La sève a reverdi le chêne !...
Bientôt le guéret, fécondé
Aux souffles ardents de l'été,
Fait germer la moisson prochaine !

Ainsi ! ne pleurons plus nos morts
Et que les vivants rajeunissent,
Que les courages soient plus forts
Et que les âmes refleurissent !

CHŒUR.

La prêtresse aux chants inspirés,
Velléda, bientôt va paraître ;
Nous aussi, nous allons renaître ;
Oublions tous les maux pleurés !...
        Velléda va paraître !
Oublions tous les maux pleurés !...

SCÈNE II

LES MÊMES, CŒLIUS, sous un déguisement qui permet de le confondre avec un Gaulois, EVEN le suit.

CŒLIUS.

Velléda va paraître !

EVEN.

Sous ces habits d'emprunt l'on peut te reconnaître,
        Et c'en est fait de toi !

CŒLIUS.

Je veux la voir au moins un instant ; laisse-moi !

TEUTER, qui observe au fond.

Un esquif chargé de prêtresses
A quitté l'île chère aux Dieux
Et l'Océan, plein de caresses,
L'apporte sur son flot joyeux.

LE CHŒUR.

Velléda va paraître !...

EVEN, cherchant à entraîner Cœlius.

Viens, ô mon maître !...

CŒLIUS.

Velléda va bientôt paraître !
Ah ! viens doux charme de mes yeux !

TEUTER, à part, redescendant brusquement en scène.

Mais notre espoir est vain, notre attente est déçue !...
Non, Velléda n'est pas sur la barque aperçue !...
Dans mon désir plein de ferveur,
Je l'eusse pressentie avant de l'avoir vue...
Et l'on voit de si loin avec les yeux du cœur !...

Remarquant Cœlius et Even.

Quel est donc ce Gaulois, dont les traits, il me semble,
Me sont connus ?...

EVEN à Cœlius.

A chaque instant, je tremble.

Cœlius !...

TEUTER, à part.

Cœlius !... Tout se découvre ainsi !...
Nous nous sommes trouvés ensemble, à la même heure,
Errant tous deux auprès de la même demeure ;
Celle de Velléda !...

EVEN, à Cœlius.

Maître ! partons d'ici !...

TEUTER, à part.

C'est le César romain, c'est Cœlius lui-même !
Dieux tout-puissants, il l'aime !
Il l'aime aussi !

Au fond du théâtre paraissent Ina et les prêtresses. Elles entrent
processionellement.

SCENE III

Les Mêmes, INA, Prêtresses.

INA.

Gaulois ! la druidesse sainte
Élève vers les Dieux une incessante plainte ;
Mais tout reste muet dans le ciel en courroux.
Velléda doit offrir un dernier sacrifice ;
Peut-être obtiendra-t-elle un oracle propice ;
C'est alors seulement qu'elle viendra vers vous.

Consternation.

EVEN.

Il ne la verra pas !

COELIUS, à part.

Déception amère !
Adieu, rêve enchanté !

LE CHOEUR.

Prions, et par notre prière
Apaisons le ciel irrité !

INA.

Les Dieux veulent qu'on les adore
Sur les sommets où la naissante aurore
Suspend ses premières clartés ;
Sur la cime des monts allons prier encore
Afin que de plus près nos vœux soient écoutés !...

Sortie d'Ina et des druidesses.

LE CHOEUR.

Prions, prions encore
Apaisons les Dieux irrités !...

Sortie générale du chœur.

SCÈNE IV

TEUTER, INA, CŒLIUS, EVEN

Au moment où Ina va sortir avec le chœur, Teuter l'entraîne sur le devant de la scène et lui désigne Cœlius.

TEUTER, bas à Ina.

Tu vois cet étranger ?... Tu le vois bien ?... Écoute :
    C'est l'ennemi détesté qu'on redoute ;
    C'est Cœlius, le César des Romains.
                                Mouvement d'Ina.

Aimes-tu Velléda ? Veux-tu qu'entre ses mains
Elle tombe bientôt ?... ou veux-tu la soustraire
    A des périls certains ?...

INA.

Parle !... que faut-il faire ?...

TEUTER.

Suis-moi !
                        Ils sortent vivement.

SCÈNE V

CŒLIUS, EVEN.

DUO.

EVEN.

Ton fol amour, ô maître, te perdra.
Quel décevant espoir peux-tu garder encore ?
Quoi ! ce César, qu'ici l'on craint et l'on abhorre,
Pense-t-il attendrir le cœur de Velléda ?

CŒLIUS.

Te l'ai-je dit?... l'autre jour je l'ai vue ;
Auprès de sa demeure épiant sa venue ;
A mon aspect, Even, sous mon regard de feu,
Un nuage a voilé son œil profond et bleu.

EVEN.

L'illusion t'égare !
Tout l'éloigne de toi, maître, tout vous sépare,
Ses devoirs, son honneur, même le sang versé.

CŒLIUS.

Eh ! ne le sais-je pas ! Mais je l'aime...

EVEN.

Insensé !...

CŒLIUS.

ROMANCE.

I

Dans ma vie, il n'était peut-être
Qu'un seul désir que le destin
Refusât à mon cœur la douceur de connaître,
Hélas ! c'est lui dont il est plein !
Peut-être n'était-il qu'une âme
Qui fût interdite à mes vœux ;
C'est la seule que je réclame,
C'est-elle que je veux !...

II

La fortune n'avait sans doute
Nulle ivresse à me refuser ;
Que de femmes, parfois, ont, sur ma route,
Offert leur lèvre à mon baiser !

Il n'en est qu'une vers laquelle
Ne puissent s'élever mes vœux.
Je l'aime en vain ; pourtant c'est elle,
C'est elle que je veux !...

EVEN.

Par grâce, fuis la fille des druides !
Fuis ses enchantements, fuis ses charmes perfides !
Toi qui m'as arraché des mains de tes soldats,
Pour toi, pour te sauver, que ne ferais-je pas ?...

CŒLIUS.

Je n'ai plus de patrie
Qu'où m'enchaînent ses pas !

EVEN.

Sur d'autres cœurs, en d'autres bras
On repose, on aime, on oublie !...

SCÈNE VI

LES MÊMES, INA qui a paru au fond, poussée par Teuter, s'avance
jusqu'à Cœlius, le touche légèrement du doigt et l'aborde avec mystère.

CŒLIUS.

Mais qui vient m'arracher à mon rêve enchanté ?...
. . . .
Ah ! c'est de Velléda la compagne ordinaire !

EVEN.

De quel nouveau péril serait-il menacé ?...

(Ina porte le doigt à ses lèvres en signe de silence.)

1.

CŒLIUS.

Quelle surprise !... Quel mystère !...

INA.

Quand les flots auront bu les derniers feux du jour,
Quand la nuit dénouera sa tunique azurée,
Celle qu'ont implorée
Tes regards pleins d'amour
Pour toi désertera sa retraite sacrée...

CŒLIUS.

Que dit-elle ?

EVEN.

Quels sont ces mots mystérieux ?

INA.

Rends-toi vers le rocher en naufrages fameux,
Qui se dresse là-bas, lugubre et solitaire,
Sous l'ombre séculaire
De ses chênes pieux.
Tu reverras la vierge qui t'est chère !...

(Mouvement d'Even.)

CŒLIUS.

Quoi !... Velléda !

INA, se retirant.

Silence !...

CŒLIUS avec transport.

O jour trois fois heureux !...

SCÈNE VII

ENSEMBLE.

COELIUS.

O jour ineffable !
Instant désiré !
Le bonheur accable
Mon cœur enivré !
Étoiles sans nombre
Hâtez votre cours !
O nuit de ton ombre
Cache mes amours !

EVEN.

O ciel implacable !
En vain imploré !
Qui toujours accable
Mon cœur déchiré !
Étoiles sans nombre
Hâtez votre cours !
Trahissez dans l'ombre
Leurs lâches amours.

Ils sortent.

Pendant la ritournelle qui accompagne leur sortie, Teuter et Sénon paraissent au fond de la scène regardant avec précaution de tous côtés.

SCÈNE VIII

TEUTER, SÉNON.
A un plan assez éloigné.

TEUTER.

Nous touchons au moment suprême !

Ils descendent jusqu'au premier plan.

SÉNON.

Ah ! ne m'abuse pas ! toi, vaillant entre tous,
Toi, Teuter, après moi, le plus grand parmi nous,
Parle enfin !...

TEUTER.

Sache donc, Sénon, que ce soir même
Le chef détesté des Romains
Va tomber dans nos mains ?

SÉNON.

Quoi ! Cœlius !...

TEUTER.

Est perdu, car il aime !

SÉNON.

Et qui donc aime-t-il ?...

TEUTER.

Ta fille, Velléda !...

SÉNON.

Ma fille !... Elle sait !... Il osa !...

TEUTER.

Non ! jusqu'ici, pour elle,
Cœlius n'est encor qu'un Gaulois inconnu !
. . . .
Que rien surtout ne lui révèle
Notre projet avant que l'instant soit venu.
Cette proie est facile
Et le piège est certain ;
Mais la mort de César nous serait inutile
Si la Gaule soudain,
Dans l'écho qui sommeille,
N'entendait retentir la voix de Velléda !

SCÈNE IX

LES MÈMES, VELLÉDA

Velléda, qui, sur les derniers mots de Teuter, est entrée par le fond, plongée dans une méditation extatique et comme en proie à une vision intérieure.

VELLÉDA, inspirée et avec éclat.

Que la Gaule s'éveille !...

Elle descend en scène avec une majestueuse solennité. Teuter et Sénon vont au-devant d'elle, inclinés et avec les marques du plus profond respect, tandis que les Gaulois, accourant à sa voix, envahissent la scène de toutes parts.

VELLÉDA.

AIR

Les Dieux ont visité
Leur fidèle servante,
Leur esprit est resté
Dans son âme fervente !...
Ils font d'un faible cœur
Un cœur que rien ne trouble,
Dont le péril redouble
La force et la valeur !

Les Dieux ont visité
Leur fidèle servante,
Leur esprit est resté
Dans son âme fervente !

CHŒUR.

Honneur à la prêtresse ! honneur à Velléda !...

VELLÉDA, interrompant brusquement leurs élans d'un geste.

Près du dolmen sacré que l'ombre couvrira,
Par ma voix, cette nuit, Teutatès parlera !...

———————

ACTE DEUXIÈME

SCÈNE PREMIÈRE

SÉNON, TEUTER. Au fond, Ina et les druidesses.

SÉNON.

Le ciel lui-même favorise
Le secret de notre entreprise,
L'orage accroît pour nous les ombres de la nuit
La foudre couvrira toute voix de son bruit.

Il remonte vers le fond.

TEUTER.

A nos dessins propice,
La nature en courroux
Se fait notre complice
Et conspire avec nous.

L'orage éclate dans toute sa fureur.

TEUTER, sur le devant de la scène.

Éclairs, déchirez les nues !
Tonnerre, ébranle les cieux !
Du fond des mers inconnues
Soufflez, vents impétueux.

Vous troublez la terre et l'onde.
Mais plus sombre est la fureur
De la tempête qui gronde
Et s'amasse dans mon cœur !

Les Gaulois entrent peu à peu, mystérieusement et par groupes, de différents côtés.

SCÈNE DEUXIÈME

SÉNON, aux arrivants.

Salut à vous, vrais fils de la Gaule opprimée !

TEUTER.

Salut à vous, soldats de la nouvelle armée !

Tous les Gaulois sont en scène. — Les prêtresses, conduites par Ina sont descendues de leur rocher. — Enfin Velléda paraît, elle gravit le tertre qui porte le dolmen sacré. — Puis, après un silence prolongé, se retourne vers la foule.

STROPHES

1

VELLÉDA, avec force.

Teutatès veut du sang
Pour calmer sa colère.
Qu'un flot large et puissant
En rougisse la terre !

VELLÉDA.

Gaulois, unissez-vous
Frappez ! et sous vos coups
Que notre ennemi tombe !
A vos Dieux irrités
Des vainqueurs détestés
Offrez une hécatombe.

CHOEUR.

Gaulois, unissons-nous !
Frappons ! et sous nos coups
Que notre ennemi tombe !
A nos Dieux irrités
Des vainqueurs détestés
Offrons une hécatombe !

I l

VELLÉDA.

Teutatès veut du sang !
Qu'à longs traits il s'abreuve !
Qu'il triomphe éclatant
Et que Rome soit veuve !

VELLÉDA.

Gaulois unissez-vous !
Frappez ! et sous vos coups
Que notre ennemi tombe !
A nos dieux irrités
Des vainqueurs détestés
Offrez une hécatombe !

CHOEUR.

Gaulois, unissons-nous !
Frappons ! et sous nos coups
Que notre ennemi tombe !
A nos Dieux irrités
Des vainqueurs détestés
Offrons une hécatombe !

VELLÉDA.

Gaulois ! pour que le sol où reposent nos pères,
Où dorment nos héros tombés dans tant de guerres

D'ennemis odieux ne porte plus le poids ;
Pour qu'on ne jette plus dans les fêtes romaines
Vos filles à l'orgie et vos fils aux arènes
Oserez-vous enfin vous redresser, Gaulois ?

CHŒUR.

S'il le faut nous mourrons !

VELLÉDA.

       Pour briser vos entraves
Et pour que vos enfants ne naissent plus esclaves
    Sans peur, Gaulois, combattrez-vous ?..
Jurez-vous de n'avoir ni trève ni relâche
Tant que vous n'aurez pas achevé votre tâche,
Brisé les derniers fers, frappé les derniers coups !...

CHŒUR.

Oui ! nous combattrons tous !

VELLÉDA.

Jurez-vous de n'avoir que le ciel bleu pour tente,
Que le combat pour fête et la mort pour amante
Tant qu'un soldat romain foulera nos sillons ?...

CHŒUR.

Nous le jurons !

VELLÉDA.

Après tant de honte et de larmes,
Jetez-le donc ce cri d'espoir : aux armes !...

CHŒUR.

Aux armes !...

VELLÉDA.

Le feu sacré bientôt luira sur le rocher ;
Alors trouvez-vous tous ici, prêts à marcher !

HYMNE

Oui, nous jurons, sainte patrie,
D'unir nos cœurs, d'armer nos bras.
Dans tes enfants, Gaule chérie,
Jeune et forte tu renaîtras !
Tu lèveras dans la lumière
Ton front puissant et respecté.
Nous te rendrons, ô tendre mère,
Ta grandeur et ta liberté !...

Tout le monde sort à l'exception d'Ina et des druidesses.

SCÈNE III

INA, LES DRUIDESSES

INA.

Vous, prêtresses, veillez !... Sur la lugubre cime,
Que l'antique foyer par vos mains se ranime,
Et qu'au signal fixé par l'oracle des Dieux
La flamme du salut illumine les cieux.

Les druidesses remontent vers le rocher.

SCÈNE IV

INA, seule.

INA.

RÉCITATIF

Orgueilleux rejeton d'une race abhorrée,
Mon cœur frémit d'ivresse à la seule pensée
Du piège qui t'attend et que j'ai préparé ! ...

STROPHES

I

De mon enfance encor je me rappelle l'heure
Où je vis égorger mon père en sa demeure.
Aux genoux des Romains en vain j'ai supplié,
Criant dans mes sanglots : « Ah ! laissez-moi mon père ! »
Mais un soldat brutal, me chassant, dit : « Arrière !...
      Pour un Gaulois pas de pitié ! »

II

De l'expiation enfin le jour se lève,
Toi-même vas tomber, César, sous notre glaive
Le bourreau de mon père en toi sera châtié.
C'est ma voix qui t'amène à la mort sans défense,
Et je vais m'écrier, savourant ma vengeance,
      Pour un Romain pas de pitié !...

      Et Cœlius !... pourvu qu'il vienne !...
Pourvu qu'assez longtemps ma ruse le retienne !...
Mais on vient !... le voici !... Oui, c'est lui, l'imprudent !
Il vient chercher l'amour !... C'est la mort qui l'attend.
Laissons-le s'approcher... Il est seul et sans armes.

Elle se retire à l'écart vers le dolmen.

SCÈNE V

INA, CŒLIUS

COELIUS.

O froide nuit, que tu me charmes !
Nuit favorable ! est-ce pour moi
Que tu t'es faite ainsi pleine d'ombre et d'effroi ?...

CANTABILE

I

En vain, dans la forêt obscure,
L'ombre augmente sa profondeur ;
En vain, sous l'épaisse ramure,
Frissonne une vague terreur,
En vain, sur l'Océan immense,
Mugissent les flots irrités,
Mon cœur déborde d'espérance,
En moi tout est joie et clartés.

II

La nuit peut rester sans étoiles,
Le ciel peut perdre son azur ;
Un soleil que rien ne voile
Pour moi resplendit toujours pur.
Les vents, pleins de voix en détresse,
Sanglotent sur l'abîme sourd ;
Mon cœur a des chants d'allégresse,
Des chants de triomphe et d'amour !

Ina s'avance vers lui.

Une forme blanche et légère
Glisse mystérieuse. Elle vient... La voilà,
      Est-ce enfin Velléda ?...
   Non !... c'est sa blonde messagère.
Quoi ! renoncerait-elle au rendez-vous promis ?...

INA.

Gaulois, la druidesse sainte
Peut-elle à ton honneur se confier sans crainte ?

CŒLIUS.

Mon amour fidèle et soumis
Osera seulement ce qu'elle aura permis...

INA.

D'un éternel secret peut-elle rester sûre ?
Nul ne saura jamais ?...

CŒLIUS.

Non ! jamais, je le jure !...

SCENE VI

LES MÊMES, EVEN

EVEN, se précipitant en scène.

Ah ! maître, maître, en hâte éloigne-toi,
Fuis ce lieu sacrilège,
Fuis cette femme... fuis le piège !...

INA.

Quel piège ?...

CŒLIUS.

Que dit-il ?...

EVEN.

Viens, mon maître ! suis-moi !...
Ici, dans des ténèbres,
Des assassins sont prêts,
Et des lueurs funèbres
Errent dans ces forêts.
Le feu brille sur le rocher.

Vois ! le rocher s'éclaire,
Entends ce bruit lointain !...

INA,

C'est le signal de guerre.

EVEN.

Viens ! fuyons vite !

COELIUS.

Enfant, laissons faire au destin !

SCÈNE VII

LES MÊMES, TEUTER, SÉNON, CHŒUR

Teuter et Sénon désignent Cœlius aux Gaulois qu'ils conduisent.

CHŒUR.

Effaçons la honte
Des jours douloureux,
La vengeance prompte
Désarme les cieux.
Au Dieu qui délivre
Il nous faut l'offrir,
Qu'il cesse de vivre,
Et nous de souffrir !

EVEN, aux Gaulois.

Eh ! quoi ! tous contre un seul, désarmé, sans défense !...
Lâches !...

TEUTER.

Vengez, Gaulois, l'ineffable offense
Qu'à Velléda fait cet audacieux,
Dans son amour présomptueux,
Sur elle il a levé les yeux.

CHŒUR.

REPRISE

Effaçons la honte
Des jours douloureux,
La vengeance prompte
Désarme les cieux.
Au Dieu qui délivre
Il nous faut l'offrir,
Qu'il cesse de vivre
Et nous de souffrir.

Ils se ruent sur Cœlius qu'Even cherche à couvrir de son corps. Velléda, les
écartant brusquement, paraît tout à coup.

SCÈNE VIII

VELLÉDA.

Arrêtez !... car des Dieux j'entends la voix sublime !

Mouvement de surprise et de respect dans la foule.

VELLÉDA, avec inspiration.

Lorsque le sang de la victime,
Que l'on offre aux Dieux,
Est versé par la main du crime,
Il est odieux.
Ils maudissent l'embûche noire,
Les pièges obscurs ;
Ils veulent la grande victoire
Et des vainqueurs purs !

Mouvements parmi les Gaulois.

Pourquoi frapper cet homme ?...
Quel crime a-t-il commis ?...

TEUTER.

C'est Cœlius !... C'est le César de Rome.

VELLÉDA.

Cœlius ! lui !... tu mens !

CŒLIUS.

Il dit vrai !

VELLÉDA.

Je frémis !

TEUTER.

Et son sang doit couler, car tu nous l'as promis !

VELLÉDA, impérieusement.

Le Romain partira sain et sauf ! Je l'ordonne.

TEUTER.

Tu nous perds tous, songes-y bien,

VELLÉDA.

Qui donc commande ici quand je parle ? Personne !...
Toi dont l'amour maudit me lasse, tu n'es rien !...

CŒLIUS, avec hauteur.

Sachez-le tous, si vous laissez la vie
A ce César qui jamais n'a plié,
C'est lui, demain, qu'il faudra qu'on supplie,
N'en attendez ni grâce ni pitié.

SÉNON.

Tu l'entends, ma fille chérie !

TEUTER.

Velléda trahit la patrie !

VELLÉDA.

Tu me l'as dit, mon père, et tu dois le savoir,
Même pour toi qui m'as nourrie,
M'obéir est la loi, me suivre est le devoir !

A Cœlius.

César, j'étends sur toi ma droite tutélaire,
Pars libre, Cœlius !...

Elle le conduit, en le couvrant de sa main, à travers la foule frémissante, jusqu'au fond du théâtre.

Quand Cœlius, suivi d'Even, est sorti, elle r. descend vivement sur le devant de la scène, saisit un des étendards suspendus au-dessus du dolmen.

Et maintenant, en guerre !

CHŒUR.

En guerre !

REPRISE DE L'HYMNE

ACTE TROISIÈME

Les terrasses d'une villa gallo-romaine. — Au lever du rideau, les chefs romains,
tribuns, centurions, célèbrent leur victoire à coupes pleines. — Cœlius, étendu sur
un lit de parade préside à cette fête. — Even est à ses pieds. — A droite, sombres
et muets se tiennent les captifs gaulois enchaînés.

SCÈNE PREMIÈRE

COELIUS, EVEN, TEUTER, SÉNON, INA

ROMAINS, GAULOIS, GAULOISES.

CHŒUR DES ROMAINS.

A nous les palmes triomphales,
A nous les moissons de lauriers
Dont la gloire, aux mains libérales,
Couronne le front des guerriers.
A nous les caresses craintives
Des jeunes filles aux yeux bleus !
Qu'à longs flots les blanches captives
Nous versent les vins généreux.

COELIUS, à Even.

Even, ô doux rêveur, qu'as-tu fait de ton rire,
De tes chants inspirés, de tes refrains joyeux ?
N'as-tu plus de ballade amoureuse à nous dire ?
Allons, chante, enfant, je le veux !

BALLADE

EVEN.

I

Gallia se berçait, la belle insoucieuse,
    Dans ses plaisirs, dans ses amours.
Elle ne savait plus, l'éternelle oublieuse,
    Les chants sacrés des anciens jours.
Elle entr'ouvrait sa lèvre à des baisers profanes,
Prodiguant aux regards sa grâce et sa beauté ;
Car elle était superbe entre les courtisanes
    Et grande encore en sa fierté !

CHŒUR DES ROMAINS.

Ah ! ah ! sur sa chanson, l'on ne peut se méprendre,
    De son audace il faudrait le punir ;
    Feignons plutôt de ne pas le comprendre,
    Rions, buvons, livrons-nous au plaisir !...

EVEN.

II

Ardente, elle livrait aux avides caresses
    Son front pâli toujours charmant.
                               Ironique.
Chaque aurore apportait de nouvelles ivresses,
    Et chaque nuit un autre amant.
Mais le jour vint enfin où l'amant fut un maître,
Et c'était l'esclavage atroce et plein d'effroi ;
Gallia si tu veux être libre et renaître
    Souffre en silence et souviens-toi !...

REPRISE

CHOEUR.

A nous les palmes triomphales,
A nous les moissons de lauriers
Dont la gloire, aux mains libérales,
Couronne le front des guerriers.
A nous les caresses craintives
Des jeunes filles aux yeux bleus,
Qu'à longs flots les blanches captives
Nous versent les vins généreux.

Pendant toute cette scène, les Gaulois ont des mouvements de révolte.

INA.

Cœlius ! Cœlius ! Ces chants sont une injure,
C'est une insulte à la douleur.
Je demande pour nous, César, et t'en conjure
La mort que nous saurons recevoir sans terreur.

COELIUS, à Ina (ironiquement).

Druidesse au regard candide
As-tu donc oublié déjà
Le piège charmant et perfide
Où ta douce voix m'entraîna ?...

INA.

Nous n'attendons de toi qu'un supplice rapide !...
Vois ces captifs sombres mais fiers,
Ce vieillard, chêne altier, foudroyé par l'orage,
Ces vaillants que n'ont point abattus les revers ;
Ces soldats, presque enfants, et qui tous me sont chers ;
Crois-tu ces cœurs faits pour l'outrage ?

CŒLIUS, avec résolution.

Qu'on détache leurs fers !...
Qu'ils soient traités non en esclaves,
Mais en combattants droits et braves !
Que ce palais leur soit un lieu de sûreté !
Et pour gage suprême,
Cœlius leur offre lui-même...
Dans sa coupe... le vin de l'hospitalité !...

Les entraves des prisonniers leur sont enlevées. Cœlius marche vers eux. Alors, à l'étonnement de tous, Teuter, jusque-là silencieux, s'est redressé. Il s'avance et saisit la coupe.

TEUTER.

Je l'accepte, César, et pour tous je vais boire
A ton triomphe, à ta victoire !

CHŒUR.

Que dit-il ?... à sa gloire,
Aux Romains il va boire !...

Attention générale.

CHANSON

TEUTER.

I

« Malheur aux vaincus ! »
S'écriait Brennus,
Quand sous les murs de Rome en flamme,
Il comptait la rançon infâme.
Les présages étaient trompeurs ;
La fortune le fait connaître,
Le cri de Brennus devait être :
Malheur aux vainqueurs !

2.

INA.

Teuter, que fais-tu ?...

CHŒUR.

Quel délire

Le possède ?...

Les centurions romains sont prêts à se jeter sur Teuter.

CŒLIUS.

Laissez-le dire !...

TEUTER impassible.

II

« Malheur aux vaincus ! »
Conquérants repus
A tous les échos de la terre
Jetez-le ce cri de colère !
Les peuples sécheront leurs pleurs
Et la voix sainte des victimes
Clamera du fond des abîmes,
Malheur aux vainqueurs !

Il jette violemment la coupe aux pieds de Cœlius.

ENSEMBLE

CŒLIUS.

C'est trop lasser ma patience !

ROMAINS.

Il faut punir son arrogance !

GAULOIS.

Ah ! Teuter, c'est trop d'imprudence !

SCÈNE II

LES MÊMES. VELLÉDA.

VELLÉDA entrant précipitamment en scène, à Cœlius.

Ah ! grâce ! Sois grand et sois bon ;
Laisse ton âme encor s'incliner au pardon !

CŒLIUS avec effort.

Velléda, ta prière apaise toute haine
Et je cède à tes vœux... Soldats qu'on les emmène !...

Sur son ordre impérieux, tout le monde s'éloigne, Even à regret.

SCÈNE III

CŒLIUS, VELLÊDA.

CŒLIUS.

Velléda ! que veux-tu de plus ?
Faut-il mourir pour toi ?

VELLÉDA.

Toi, mourir, Cœlius !...
Je voudrais que tu meures,
Moi qui pour toi respire et qui pour toi trahis
Mes vœux et mes serments, mon père et mon pays !...

CŒLIUS.

Cet aveu de ta lèvre !...

VELLÉDA.

Aveugle ! ingrat !...

COELIUS.

Tu pleures ?

DUO

I

VELLÉDA.

Velléda ! souffre et gémis,
Car c'est en vain que tu luttes ;
C'est en vain que tu disputes
A l'amour ton cœur soumis.
Ah ! ce feu qui te dévore,
S'il pouvait s'éteindre en toi,
Tu vivrais heureuse encore
Libre et pure dans ta foi !

COELIUS.

Tais-toi, ma bien-aimée,
De ton âme alarmée
Apaise la douleur
Et souris au bonheur.

VELLÉDA.

Non, ce bonheur est sacrilège ;
Cet amour est un piège,
Un rêve décevant,
Et je t'aime pourtant.

COELIUS.

Ah ! Velléda ! renais à l'espérance !

II

VELLÉDA.

Velléda ! pleure et maudis
Ta chute et ta défaillance ;
Va ! pleure ton innocence,
Pleure tes serments trahis.

Ah ! cet amour qui te dompte,
Pourquoi ne le fuyais-tu ?...
Tu vivrais fière et sans honte
Dans ta gloire et ta vertu.

CŒLIUS.

Grands Dieux ! qu'elle est belle
En de tels transports !

VELLÉDA.

O lutte cruelle !
O cruels remords !

ENSEMBLE

VELLÉDA.

L'amour me possède,
Ma faiblesse cède
A ses longs efforts.

CŒLIUS.

L'amour te possède,
Qu'à sa force cède
Ton chaste remords.

VELLÉDA.

C'en est fait ! je le sens... ma raison m'abandonne,
Oui, je te le donne
Ce cœur déchiré,
Et que le ciel du moins pardonne,
Car j'ai tant pleuré !
Va ! je te le donne
Ce cœur déchiré.

COELIUS.

Viens ! ô mon amante chère,
Toi, ma vie et ma lumière,
Tu m'appartiens,
Ah ! viens !

ENSEMBLE

VELLÉDA.

A toi je me livre,
Prends pitié de moi.
Pour toi je veux vivre
Et mourir pour toi !
O douce extase !
Amour sans fin
Qui nous embrase
D'un feu divin !

COELIUS.

Le bonheur m'enivre
Enfant, sois à moi !
Pour toi je veux vivre
Et mourir pour toi !
O douce extase !
Amour sans fin
Qui nous embrase
D'un feu divin !

COELIUS.

Loin des bruits vains de la terre,
Nous vivrons de notre amour.

VELLÉDA.

Dans la paix et le mystère,
Nous choisirons un séjour.

COELIUS.

Tes douleurs seront les miennes.

VELLÉDA.

Nous aurons les mêmes peines,

ENSEMBLE

Nous aurons même désir,
Un seul mot, toujours le même,
Suffira pour nous ravir :
Je t'aime, à jamais je t'aime !
Pour nous le ciel va s'ouvrir.

COELIUS.

Velléda... veux-tu me suivre ?

VELLÉDA.

Toi seul seras mon Dieu, toi seul auras ma foi.

REPRISE DE L'ENSEMBLE

VELLÉDA.

A toi je me livre,
Prends pitié de moi...
Etc... etc...

COELIUS.

Le bonheur m'enivre,
Enfant, sois à moi !
Etc... etc...

Éven entre en scène. Cœlius fait aussitôt sortir Velléda,

SCÈNE IV

EVEN.

César !...

COELIUS.

Pourquoi toujours me troubler ?... Qu'on me laisse !...

EVEN.

Un tribun des soldats que l'empereur t'adresse
Désire être reçu par toi.

COELIUS.

Que me veut-il ?

EVEN.

Te remettre sur l'heure un message de Rome.

COELIUS.

Rome est-elle en péril ?...

. . . .

Eh bien ! Cet empereur qu'avec mépris l'on nomme
Saura par moi ce qu'est un César triomphant.
Que l'on amène ici les captifs sur le champ !
Qu'on mande les tribuns, les soldats, tout le camp !
Et qu'enfin devant tous on fasse entrer cet homme !...

Entrée géné.ale des chœurs. Marche. Cortège. Cœlius se tient sur son lit de parade.
Even à ses pieds. Fanfares.

SCÈNE V

Les Mêmes. Romains, Gaulois, TEUTER, SÉNON,
INA, Gauloises, Un Tribun.

LE TRIBUN, à cheval.

Salut ! César ! Salut, vainqueur !
Au nom du divin empereur,
Qui seul est très grand et très juste,
J'apporte ici son ordre auguste.

Il descend de cheval.

COELIUS, avec ironie.

Parle, tribun ! Je suis anxieux de savoir
Ce que cet empereur divin peut me vouloir.

LE TRIBUN.

Il veut que des Gaules coupables
Le crime enfin soit châtié
Et que ces peuples indomptables
N'attendent plus notre pitié.
Il veut un immense carnage
Où tombent leurs derniers soldats.

Cœlius se redresse indigné.

Et pour les femmes un servage
Dont leurs enfants ne sortent pas.

Mouvement de honte et de fureur parmi les captifs.

ENSEMBLE

COELIUS.

Dieux puissants ! sous l'injure
Je sens mon front rougir.
Ma gloire était trop pure,

Il leur faut l'avilir.
Frapper, honte suprème !
Qui ne se défend pas !
Velléda ! moi qui t'aime,
Te jeter dans leurs bras !

INA.

Dieu clément que j'adjure,
Toi que l'on peut fléchir,
Épargne-nous l'injure
De leur joug à subir !
A la honte suprême
Ne nous condamne pas.
Et sur tous ceux que j'aime
Daigne étendre ton bras !

SÉNON.

Velléda ! toi si pure,
Ton front pourrait subir
La honteuse souillure
De leurs fers sans rougir !
Cet outrage suprême
Ne te flétrira pas ;
Plutôt de ma main mème
Mon enfant tu mourras !

TEUTER.

O César ! sous l'injure,
Je vois ton front pâlir !
Ta gloire était trop pure
Elle va se ternir.
Frappe, honte suprème !
Ceux qu'a vaincus ton bras.
Du moins celle que j'aime
Ne te restera pas !

EVEN.

Dieux puissants ! sous l'injure
J'ai vu son front pâlir !
Sa gloire était trop pure
Il leur faut l'avilir !
Pourtant ce coup suprème
Ne m'épouvante pas.
Cette femme qui t'aime
César ! tu la perdras !

LE TRIBUN.

O César ! toute injure
Que Rome a pu subir,
Ta main puissante et sùre
Doit soudain, la punir.
C'est là l'ordre suprême,
Et tu l'observeras.
Malheur à César même
S'il n'obéissait pas !

ROMAINS.

CHŒUR

Dieux puissants ! cette injure
Sur nous vient rejaillir !
Notre gloire est trop pure
Et l'on veut l'avilir.
Frapper, honte suprême !
Ceux qu'a vaincus ton bras,
C'est te frapper toi-même.
César ! n'obéis pas !

GAULOISES.

CHŒUR

Dieu clément que j'adjure
Ah ! laisse-toi fléchir !
Épargne nous l'injure
De leur joug à subir !
A la honte suprême
Ne nous condamne pas.
Sur la Gaule qui t'aime
Daigne étendre ton bras !

GAULOIS.

CHŒUR

Nos enfants, race pure,
Pourraient-ils donc subir
La honteuse souillure
De leurs fers, sans rougir !
Cet outrage suprême
Ne les flétrira pas.
Mieux vaut encore soi-même
Les vouer au trépas.

CŒLIUS, au tribun.

J'avais bien pressenti, quand je te vis paraître,
Que Rome m'adressait des ordres menaçants ;
Je prévois la disgrâce à tes airs arrogants ;
Mais tu peux reporter ma réponse à ton maître.

CHŒUR.

Redoutables moments !
Ces ordres menaçants
Va-t-il les méconnaître ?...

INA.

Que va-t-il dire ?...

EVEN.

Il va tout braver, je le sens !...

COELIUS, avec solennité.

Dis-lui que des Gaules rebelles
Le·crime est assez expié
Et que mes légions fidèles
Avec la force ont la pitié.
Dis-lui ce que tu vois... des braves
Qui combattent les grands combats !...
Dis-lui qu'il n'aura pour esclaves
Ni mes captifs, ni mes soldats.

LE TRIBUN.

Un orgueil insensé t'entraîne vers ta perte !
Prends-y garde, César ! c'est la révolte ouverte !

COELIUS.

La révolte !... Eh bien ! soit... mais c'est l'honneur aussi !
Je ne frapperai pas, quoique ton maître ordonne,
S'il est Auguste ailleurs, je suis César ici...
　　S'il condamne, moi je pardonne !...
　　Soyez libres, Gaulois !...

ENSEMBLE

INA.

J'embrasse tes genoux !

SÉNON.

J'embrasse tes genoux !

CHŒUR.

Tombons à ses genoux !

ENSEMBLE FINAL

INA, SÉNON, CHŒURS.

Ah ! que nos chants d'allégresse
Retentissent à jamais ;
Proclamons, dans notre ivresse,
Sa clémence et ses bienfaits.

EVEN.

Ah ! maudite druidesse
Qui le perd, et que je hais !
Je déplore, en ma détresse,
Sa clémence et ses bienfaits.

TEUTER.

Ah ! servile est votre ivresse,
Rougissez de ses bienfaits !
Pour mon cœur plus d'allégresse.
Aux Romains, haine à jamais.

LE TRIBUN.

Ah ! redoute leur ivresse
Et redoute tes bienfaits !
Puisses-tu de ta faiblesse
Ne te repentir jamais !

ACTE QUATRIÈME

Un village armoricain au bord de la mer. — A droite, une cabane de pêcheurs devant laquelle des filets sont étendus. — A gauche. autre demeure plus vaste. — Près du seuil est un banc sous un berceau de feuillage. — Au lever du rideau, Velléda est endormie sur ce banc. — Des jeunes filles l'entourent. — Le jour se lève.

SCÈNE PREMIÈRE

VELLÉDA, endormie. — SÉNON, assis à sa droite. — INA.

CHŒUR DE JEUNES PRÊTRESSES.

CHŒUR.

Dors, ô prêtresse, et que ton rêve,
Gaîment bercé par nos accents,
Sans se troubler joyeux s'achève
Avec nos refrains caressants.
Que des légers songes
Les riants mensonges
Charment ton sommeil,
Que le matin rose
Sur ta lèvre pose
Son rayon vermeil.

SÉNON, pensif.

Ah! vos chants me sont doux; votre voix me ranime
De mon cœur l'espérance apaise les douleurs.
L'âme de la patrie en moi renaît sublime
La Gaule dans ses flancs porte encor des vengeurs!

CHŒUR.

REPRISE.

Dors, ô prêtresse, et que ton rêve
Gaiment bercé par nos accents
Sans se troubler joyeux s'achève
Avec nos refrains caressants.
    Que des légers songes
    Les riants mensonges
    Charment ton sommeil
    Que le matin rose
    Sur ta lèvre pose
    Son rayon vermeil.

Sur un signe d'Ina, d'autres jeunes prêtresses entrent en scène portant les parures et les insignes sacrés de Velléda. — La prêtresse s'éveille, regarde avec surprise autour d'elle. — Les jeunes filles l'entourent et la parent de tous ses ornements.

DIVERTISSEMENT.

VELLÉDA.

Merci, mes chères sœurs, merci de votre zèle!
Je puis, grâce à vos soins aux dieux sacrifier
Je puis faire monter vers eux ma voix fidèle
    Retirez-vous, je vais prier.

CHŒUR.

Retirons-nous, essaim léger!..

Sénon sort par la gauche. — Les jeunes filles s'éloignent sur le motif du chœur.

SCÈNE DEUXIÈME

VELLÉDA, seule.

RÉCITATIF

Elles m'ont éveillée !.. Hélas! joie éphémère!
Elles ont dissipé l'ineffable chimère
Et le rêve divin si doux à prolonger!
Je dormais... Je rêvais... Ah! l'extase enivrante
Je voyais Cœlius... il venait, radieux ..
Et me frappait au cœur d'une flèche brûlante...
Et je souffrais alors, je souffrais délirante
　　　Un martyre délicieux !..

AIR

　　Naguère encor la forêt pleine d'ombre
N'éveillait à mes chants que de mornes échos.
　　Le vent des mers et les vagues sans nombre
Ne m'apportaient, hélas ! que d'éternels sanglots.
　　Mais aujourd'hui, ma nuit prompte s'achève
Dans des concerts inconnus autrefois.
Quand le soir empourpré fait chanter les grands bois,
Quand le flot caressant vient mourir sur la grève,
　　Je suis émue et troublée à leurs voix
　　　J'aime, j'aime ! c'est la lumière
　　　C'est l'aurore que j'attendais.
　　　Pur amour, prends moi toute entière
　　　Je t'appartiens et pour jamais !..

Velléda sort lente et pensive. — Even qui a paru dans le fond du théâtre, pendant
les dernières mesures de l'air et qui a entendu cette révélation des sentiments de
Velléda s'avance rapidement et avec violence jusqu'au bord de la scène.

SCÈNE TROISIÈME

EVEN, seule.

RÉCIT

Ah! comme je la hais la gauloise funeste!
Que Cœlius l'aimât, certes, j'en souffrais bien.
Il l'aimait sans espoir! que m'importait le reste!
    L'amour non partagé n'est rien!..
Mais j'apprends tout à coup... et de sa bouche même,
Qu'il peut tout espérer... qu'il le sait... et qu'on l'aime!..
Il est aimé! Grands Dieux! que vais-je devenir?..
    Non je ne puis plus longtemps contenir
    Le secret qui me pèse.
    Pourquoi faut-il que je me taise!
Ah! je veux tout lui dire et ne lui rien cacher
Et mes pleurs parviendront peut-être à le toucher.

Cœlius paraît.

SCÈNE QUATRIÈME

DUO

EVEN, CŒLIUS

EVEN, allant au-devant de Cœlius.

Maître! je t'attendais.

CŒLIUS.

    Quoi! toujours sur ma trace!...
Sans être accompagné ne puis-je faire un pas?
Va-t-en!..

EVEN.

Ah ! par pitié, ne me repousse pas !

COELIUS.

Va-t-en ! Laisse-moi seul, te dis-je !

EVEN.

Ah ! l'on me chasse
Eh bien ! je resterai !
Tu viens sans doute ici chercher ta druidesse !
Sans doute elle t'attend, l'amoureuse prêtresse !
Tu ne la verras pas ! Je me le suis juré !

COELIUS.

Tu divagues, Even !..

EVEN.

Votre amour est infâme !
La chaste Velléda ne saurait être à toi...

COELIUS.

C'en est trop !

EVEN.

Je la hais !.. Car je t'aime aussi, moi !
Je t'aime, entends-tu bien, je t'aime et je suis femme !

COELIUS.

Oh ciel ! Je comprends tout !

EVEN.

Et tu comprends aussi
Qu'on ne se laisse pas arracher l'âme ainsi !

ENSEMBLE

EVEN.

Non jamais tu n'auras l'ivresse
De ses baisers, de sa tendresse
Et de l'étreinte de ses bras,
   Non ! tu ne l'auras pas !

COELIUS.

Ne crois pas me ravir l'ivresse
De ses baisers, de sa tendresse
Et de l'étreinte de ses bras.
   Va ! ne l'espère pas !

EVEN.

Mais non ! pardonne-moi... la raison m'abandonne ;
Je suis ingrate et folle, oui ! folle de douleur.
La jalousie égare et déchire mon cœur,
Sois clément, Cœlius ! sois généreux !.. pardonne !..

ARIOSO

   Ah ! ne me chasse pas !
Maître ! prends pitié de mes larmes
Je t'implore à genoux, hélas !
Que ma tendresse te désarme !
Mon maître, ah ! ne me chasse pas !

Lorsque autrefois tu m'as sauvée,
Aux lieux où j'ai reçu le jour,
L'existence par moi rêvée
Fut toute d'espoir et d'amour !
Sans cesse à tes pas attachée,
Sous la tente comme au combat,
Près de toi je restais cachée
Sous ce vêtement de soldat.

A tes pieds je puis vivre encore
Et mourir sans demander rien ;
Je serai l'être qu'on ignore,
Je serai ta chose, ton bien.
Esclave, à ta voix souveraine
Avec bonheur j'obéirai
Je serai fière de la chaîne
Qui me vient d'un maître adoré !
Prends pitié de mes larmes
Je t'implore à genoux, hélas !
Que ma tendresse te désarme
Mon maître ! ah ! ne me chasse pas !

Elle tombe à ses genoux

CŒLIUS, la relevant avec émotion.

Que ne parlais-tu donc quand mon cœur était vide ?...

EVEN.

Je n'osais aspirer à l'amour de César
D'espoirs mystérieux, dans un rêve candide
Je vivais près de toi contente d'un regard.

CŒLIUS.

Ce rêve désormais, Even, est impossible
Je ne saurais t'aimer ; je ne m'appartiens plus.

EVEN.

Ah ! tu ne peux m'aimer ! Ah ! ton âme inflexible
Est sourde à la pitié ! Prends garde, Cœlius !..

CŒLIUS.

Des menaces. à moi !..

EVEN.

C'est assez de souffrance !
C'est trop de lâchetés pour tant d'indifférence !
Je préfère ta haine... et je me vengerai !

COELIUS.

Tremble, plutôt, Even !

EVEN.

César ! je vous perdrai !..

REPRISE DE L'ENSEMBLE

ENSEMBLE

EVEN.

Non ! jamais tu n'auras l'ivresse
De ses baisers, de sa tendresse,
Et de l'étreinte de ses bras !
Non, tu ne l'auras pas !

COELIUS.

Rien ne peut me ravir l'ivresse
De ses baisers, de sa tendresse,
Et de l'étreinte de ses bras !
Va ! ne l'espère pas !

Even sort avec un geste de menace.

SCÈNE V

VELLÉDA, CŒLIUS.

VELLÉDA, apercevant Cœlius.

Ah ! c'est lui !... J'ai besoin de te voir, de t'étreindre ;
Tes traits sont altérés !... ton regard fuit le mien...
  Prends pitié de mes larmes,
  Dissipe mes alarmes !
  Cœlius, dis-moi bien
Que tu n'as rien à craindre et que tu ne crains rien.

CŒLIUS.

 Ma Velléda ! que veux-tu que je craigne,
  Et quel coup veux-tu qui m'atteigne ?
Je ne suis plus César ; la gloire et les grandeurs,
La pourpre, le pouvoir, mes soldats, mes licteurs,
Pour toi j'ai tout quitté ; je suis seul, je suis libre
Et ne veux plus revoir les flots jaunes du Tibre.
  Donc, plus de terreur, plus d'effroi.

VELLÉDA.

Cœlius ! je suis toute à toi.

CAVATINE

CŒLIUS.

Viens ! je sais un riant asile,
Où parmi les chants et les fleurs,
Comme un ruisseau frais et tranquille,
Couleront nos jours enchanteurs.

Là, sous des ombrages propices,
Dans des plaisirs toujours divers,
Goûtant d'ineffables délices,
Nous oublirons tout l'univers.
Dans cette demeure embaumée,
Nous n'aurons qu'un baiser sans fin.
La mort même sera charmée,
Nous trouvant la main dans la main.

Viens ! je sais un riant asile,
Où parmi les chants et les fleurs,
Comme un ruisseau frais et tranquille,
Couleront nos jours enchanteurs.
  Vers cette rive parfumée,
   Ensemble fuyons.
  Viens, ô ma bien-aimée.

VELLÉDA

Je ne résiste plus mon bien-aimé... partons !...

Cœlius l'entraîne. Au moment de sortir, ils se trouvent en présence de Sénon que suivent Even, Teuter et le chœur.

SCÈNE VI

Les Mêmes, SÉNON, TEUTER, EVEN, Chœurs

SÉNON, à Cœliüs, avec indignation.

Arrière ! sacrilège !...
  Se tournant vers les Gaulois.
      Et vous, faites silence !...
 A Cœlius.   Long silence.
César ! c'était donc là ta grâce et ta clémence !
M'enlever mon enfant, mon unique espérance !

Tout ce qui nous est cher, ainsi vous le broyez !
Romains, lâches Romains ! si grands que vous soyez,
Qu'on fouille votre cœur, toujours on y retrouve
L'instinct de vos aïeux, nourrissons de la louve
Qui leur versa jadis, dans un antre écarté,
Son lait de bête fauve et sa férocité !...

SÉNON, à Velléda.

Et toi ! n'es-tu donc plus la chaste druidesse ?
L'espoir des cœurs gaulois, l'orgueil de ma vieillesse !
As-tu donc oublié nos Dieux et ton serment ?
Parle, ma fille !...

VELLÉDA, d'une voix entrecoupée et arrachant de son front la couronne
de verveine.

Eh bien ! c'est vrai, je le confesse,
Oui ! j'ai tout oublié pour lui, pour mon amant,
Oui ! je ne suis, hélas ! qu'une lâche prêtresse,
A' l'amour j'ai cédé... j'ai trahi mon serment.

CHŒUR.

La coupable prêtresse
A trahi son serment !...

VELLÉDA.

Oui ! j'aime Cœlius ! Pourtant, si je l'adore,
Mon cœur seul est coupable et je suis pure encore !...
Mais, pour vos Dieux jaloux que ce cœur a trahis,
C'est déjà trop d'aimer !... J'aime et je m'en punis !

Elle se frappe.

3.

CHŒUR.

Velléda ! que fais-tu ? Quelle fureur la pousse.

VELLÉDA.

Va ! Cœlius ! la mort est douce.

COELIUS.

Je vais te rejoindre bientôt.

VELLÉDA.

Tout ce que nous rêvions ici bas est là-haut !...

A Cœlius lui montrant le ciel, avec un délire extatique et toujours croissant.

RAPPEL DU DUO DU TROISIÈME ACTE

VELLÉDA.

Loin des bruits vains de la terre,
Nous vivrons de notre amour !

COELIUS.

Dans la paix et le mystère,
Nous trouverons un séjour !

VELLÉDA.

Dans les régions sereines,

COELIUS.

Où ne sont larmes ni peines,

ENSEMBLE

Nous aurons même désir,
Un seul mot, toujours le même,
Suffira pour nous ravir.
Je t'aime, à jamais je t'aime,
Le ciel pour nous va s'ouvrir !...

Velléda meurt. Cœlius qui vient de se frapper à son tour tombe auprès de Velléda. Even à demi folle de douleur se précipite sur le cadavre de Cœlius dont elle couvre la main de baisers et de larmes.

SÉNON.

Elle n'est plus, hélas ! l'enfant tendre et chérie,
Il ne me reste rien... plus rien !...

TEUTER.

Si ! la Patrie !

FIN

IMPRIMERIE CHAIX, RUE BERGÈRE, 20, PARIS. — 722-2-8.

PARTITIONS PUBLIÉES CHEZ HENRY LEMOINE

PIANO ET CHANT

ADAM	Le Chalet, in-8°.	10	»
—	La Marquise, in-8	10	»
AUBER	Le Maçon, in-8°.	10	»
—	Fiorella, in-8°.	10	»
—	Léocadie, in-8°.	10	»
BALFE	L'Étoile de Séville, in-4°.	40	»
—	Les Quatre fils Aymon, in-4°.	40	»
BAZIN	Le Voyage en Chine, format Lemoine.	15	»
—	Maître Pathelin, in-4°	10	»
BELLINI	Roméo et Juliette, in-8°.	12	»
BERTON	Aline, in-8°.	10	»
BOULANGER	Le Diable à l'école, in-4°.	30	»
BOURGAULT-DUCOUDRAY.	Trente mélodies populaires de Grèce et d'Orient, format Lemoine.	7	»
CARAFA	Le Valet de chambre in-8°.	8	»
CLAPISSON	Le Code noir, in-4°.	30	»
—	La Fanchonnette, in-8°	15	»
DEFFÈS	Broskovano, in-8°.	10	»
DONIZETTI	Anne de Boleyn, in-8°.	10	»
—	Inspirations viennoises, in-4°.	18	»
—	La Fille du Régiment, format Lemoine	15	»
—	Linda de Chamounix, in-8°.	12	»
—	Maria Padilla, in-8°.	12	»
—	Les Martyrs, in-8°.	12	»
—	Rita, in-8°.	8	»
GÉRARD	Les Deux Voleurs, in-8°.	7	»
GEVAERT	Le Billet de Marguerite, in-8°.	12	»
GUIRAUD	Sylvie, form. Lemoine	8	»
GOUNOD	Biondina, format Lemoine	8	»
—	Vingt mélod. in-8°	40	»
—	Polyeucte, format Lemoine.	25	»
HALÉVY	Charles VI, in-8°.	20	»
—	La Dame de Pique, in-8°	15	»
—	L'Éclair, format Lemoine.	15	»
—	La Fée aux roses, in-8°	15	»
—	Guido et Ginevra, in-8°	20	»
—	Le Guitarero, in-8°.	15	»
HALÉVY	La Juive, format Lemoine.	25	»
—	Les Mousquetaires, format Lemoine.	15	»
—	Le Nabab in-8°.	15	»
—	La Reine de Chypre, format Lemoine.	20	»
—	La Tempesta, in-8°.	12	»
—	Le Val d'Andorre, format Lemoine.	18	»
HEROLD	La Clochette, format Lemoine.	12	»
DE LAJARTE.	Le Portrait, format Lemoine.	»	»
LENEPVEU	Le Florentin, format Lemoine.	15	»
—	Velléda, format Lemoine.	20	»
MASSÉ	La Chanteuse voilée, in-8°.	8	»
—	La Reine Topaze, format Lemoine.	15	»
ROSSINI	Mathilde de Sabran, in-8°.	15	»
—	L'Italienne à Alger, in-8°.	10	»
—	Cendrillon, in-8°.	15	»
—	La Pie Voleuse, in-8°	10	»
—	Othello, in-8°.	40	»
—	La Forêt de Sénart, in-8°.	16	»
MARSCHNER	Le Templier et la Juive, in-4°.	12	»
—	Le Vampire, in-4°.	12	»
MERCADANTE.	Les Soirées italiennes, in-4°	16	»
NEUKOMM	Hymne à la nuit, in-4°	15	»
SALVAYRE	Le Bravo, format Lemoine.	20	»
SCHUBERT	Quarante mélodies, format Lemoine.	4	»
A. THOMAS.	La Double Echelle, format Lemoine.	8	»
—	Le Carnaval de Venise, in-8°.	15	»
VERDI	Nabuchodonosor, in-8°	12	»
—	Ernani	15	»
—	Messe de Requiem, in-8°.	15	»
WEBER	Oberon, in-8°.	10	»
—	Preciosa, in-8°.	8	»
—	Robin des Bois, in-8°	10	»
—	Euryanthe, in-8°.	10	»
—	Abou-Hassan, in-8°.		

PAROLES ET MUSIQUE (Sans accompagnement de pia[no]

ADAM	Le Chalet.	2	»
BAZIN	Le Voyage en Chine	3	50
—	Maître Pathelin.	»	»
DONIZETTI	La Fille du Régiment	3	»
CLAPISSON	La Fanchonnette.	3	»
HALÉVY	Charles VI	4	»
—	L'Éclair.	3	»
—	La Juive	4	»
HALÉVY	Les Mousquetaires de la Reine.		
DE LAJARTE.	Le Portrait		
LENEPVEU	Velléda.		
HALÉVY	La Reine de Chypre.		
—	Le Val d'Andorre.		
GOUNOD	Polyeucte.		
WEBER	Robin des Bois		
VERDI	Ernani		

IMPRIMERIE CHAIX, RUE BERGÈRE, 20, PARIS. — 724-1-8.